Prix des tapisseries.

les 4. Portiers ou Panneaux (Berais) achetés par Paillens.
à 1610.f la pièce.

Lagrande. Renaissance
1010.f = achetée par le Vail.

1866 (Février 22)

VENTE COURT

OBJETS D'ART — CURIOSITÉS

TABLEAUX ANCIENS

PARIS. — IMPRIMERIE PILLET FILS AINÉ
5, RUE DES GRANDS-AUGUSTINS

CATALOGUE

D'UNE BELLE COLLECTION

D'OBJETS D'ART

ET DE CURIOSITÉ

Très-belles Boiseries sculptées et dorées pour salon, du temps de Louis XIV ;
Quantité de siéges en bois sculpté garnis de Tapisseries et d'Etoffes de soie, des Epoques
Louis XIV, Louis XV et Louis XVI ;
Quatre magnifiques Tapisseries des Gobelins, d'après des dessins de Berain
Autres Tapisseries et Etoffes des XVIIe et XVIIIe siècles ;
Armes et Costumes de diverses époques et de différents pays
Chenets en fer et en bronze ;
Porcelaines et Quantité d'Objets variés

TABLEAUX ANCIENS

DONT LA VENTE AURA LIEU

PAR SUITE DU DÉCÈS DE M. COURT

HOTEL DROUOT, SALLE N° 1

Le Jeudi 22 Février 1866

A UNE HEURE ET DEMIE

Par le ministère de Me **CHARLES PILLET**, Commissaire-Priseur,
rue de Choiseul, 11,

Assisté de MM. **MANNHEIM**, Experts, rue de la Paix, 10,

Et de M. Francis **PETIT**, Expert, rue de Provence, 43.

EXPOSITION PUBLIQUE

Le Mercredi 21 Février 1866, de une heure à cinq heures.

CONDITIONS DE LA VENTE

Elle sera faite au comptant.

En sus des enchères les acquéreurs payeront *cinq pour cent.*

L'exposition mettant le public à même de se rendre compte de l'état des objets, il ne sera admis aucune réclamation une fois l'adjudication prononcée.

Paris. Imp. PILLET FILS AÎNÉ, rue des Grands-Augustins, 5.

DÉSIGNATION
DES OBJETS

Meubles et Boiseries

1 — Magnifiques Boiseries de Salon, du temps de Louis XIV,
sculptées et dorées sur fond peint en blanc. Les quatre
panneaux principaux sont décorés de trophées et d'attri-
buts divers représentant les quatre saisons. Ces panneaux
sont surmontés de mascarons et de guirlandes de fleurs.
Les six dessus de porte ainsi qu'un large panneau sont
ornés de trophées dans de riches bordures à rinceaux.
Ces boiseries présentent un ensemble qu'il est fort rare
de rencontrer aujourd'hui. Haut., 4 mètres 40 cent. en-
viron.

2 — Deux très-beaux Fauteuils à dossiers carrés en bois
sculpté et doré, du temps de Louis XIV, garnis de tapisseries au petit point à ornements en couleurs sur fond
blanc. Ces deux siéges ont conservé leur passementerie de
l'époque.

3 — Six Fauteuils en bois sculpté, du temps de Louis XIV, garnis de tapisseries de l'époque, à figures dans des paysages, oiseaux et fleurs.

4 — Canapé et quatre Fauteuils en bois sculpté, garnis de tapisseries à fleurs sur fond jaune. Epoque Louis XV.

5 — Deux jolis Fauteuils en bois sculpté et doré, garnis de tapisseries, à animaux et fleurs sur fond bleu. Epoque Louis XV.

6 — Fauteuil du temps de Louis XIV, en bois de noyer sculpté à ornements, et garni de tapisserie fond rouge.

7 — Grand Canapé et six Fauteuils en bois sculpté et doré, du temps de Louis XV. Ces pièces sont garnies d'étoffes diverses.

8 — Grand Lit du temps de Louis XV, en bois sculpté et doré, modèle à volutes, garni en damas de soie rouge. Il est accompagné de son baldaquin, de même travail.

9 — Lit Louis XVI, en bois sculpté et peint en blanc, garni en damas de soie rouge. Il est accompagné de son baldaquin.

10 — Très-grand Fauteuil du temps de la Régence, en bois sculpté et doré, à fleurs et ornements, garni en damas de soi

11 — Très-grand Fauteuil en bois sculpté et doré, à coquilles et ornements; ses bras sont formés de volutes et son entrejambes est orné. Il est garni en étoffe de soie fond blanc. Epoque Louis XV. Ce meuble est curieux par sa forme et par ses dimensions.

12 — Un Canapé et trois Fauteuils du temps de Louis XVI, en bois sculpté, garnis en damas de soie à fleurs sur fond rouge.

13 — Grande Chaise en bois sculpté et doré, du temps de Louis XIV, garnie en étoffe de soie verte brodée en soies de couleurs de la Chine.

14 — Grand Fauteuil du temps de Louis XIV, en bois sculpté, garni en étoffe de soie brodée en fin.

15 — Petit Canapé et deux Bergères du temps de Louis XVI, en bois sculpté, à colonnes détachées, garnis en damas de soie rouge.

16 — Très-jolie Bergère en bois sculpté et doré, à guirlandes de fleurs et ornements, garnie en damas de soie rouge. Epoque Louis XV.

17 — Fauteuil du temps de Louis XVI, en bois sculpté et doré, garni en velours vert.

18 — Tabouret avec entrejambes en bois sculpté et doré, à ornements. Epoque Louis XIV.

19 — Quatre chaises du temps de Louis XV, en bois sculpté et doré. Elles sont garnies en étoffe de soie fond blanc.

20 — Deux siéges à X, en bois d'acajou sculpté, à têtes de béliers.

21 — Chaise longue en deux parties, dont l'une peut servir de bergère, en bois de noyer sculpté, garnie en damas de soie rouge.

22 — Très-grande bergère à oreilles, en bois de noyer sculpté, garnie en damas de soie fond rouge à ornements blancs. Époque Louis XIV.

23 — Bergère du temps de Louis XV, à oreilles, en bois sculpté et doré, garnie en damas de soie rouge.

24 — Autre bergère à oreilles, de même époque, en bois sculpté et doré, garnie en étoffe veloutée.

25 — Petit fauteuil de bureau du temps de Louis XV, en bois sculpté, foncé en canne et garni en peau.

26 — Autre fauteuil de bureau, en bois de noyer sculpté, du temps de Louis XV, garni en damas de soie rouge.

27 — Fauteuil en laque noir, à décor d'or, de style chinois.

28 — Chaise à dossier élevé, en bois sculpté, à colonnes tor es et ornements, et foncée en canne.

29 — Bergère Louis XV, en bois sculpté peint en blanc, gai-
nie en étoffe de laine rouge.

30 — Bergère de même époque, non garnie.

31 — Grand fauteuil Louis XVI en bois sculpté et peint en
blanc, non recouvert d'étoffe.

32 — Fauteuil Louis XIV, en bois sculpté, garni en damas de
soie rouge.

33 — Une bergère et quatre fauteuils, en bois sculpté, peint
en blanc, et garnis. Époque Louis XVI.

34 — Deux fauteuils en bois sculpté, l'un du temps de
Louis XIV, et l'autre du temps de Louis XVI.

35 — Écran de cheminée, en bois sculpté, peint en noir,
garni d'une tapisserie au petit point. Époque Louis XIV.

36-38. — Trois écrans qui seront vendus séparément.

39. — Grande et belle pendule et son socle-support en marqueterie d'écaille et cuivre, richement garnie de bronzes.
Époque Louis XIV.

40 — Belle pendule en marqueterie et bronzes, analogue à
celle qui précède.

41 — Pendule du temps de Louis XIV, à pilastres, en écaille rouge, garnie de figurines et d'ornements en bronze doré.

42 — Commode à trois rangs de tiroirs, en marqueterie d'écaille et cuivre, garnie de bronzes. Époque Louis XIV.

43 — Commode à trois rangs de tiroirs, en marqueterie de bois, garnie de bronzes et à dessus de marbre. Époque Louis XV.

44 — Commode analogue à celle qui précéde.

45 — Grande console, en bois sculpté et doré, à dessus de marbre. Époque Louis XV.

46 — Prie-Dieu du temps de Louis XIV, en bois sculpté : il présente à son centre un Christ en croix, en bronze doré.

47 — Très-grande armoire à deux portes, en bois de noyer sculpté. Époque Louis XV.

48 — Bureau à dos d'âne, en laque noir et décor d'or et couleurs.

49 — Cabinet en laque noir à l'extérieur et laqué rouge à l'intérieur.

50 — Cartonnier Louis XV, en marqueterie de bois, garni de bronzes.

51 — Secrétaire, Commode et Table à jouer, en bois d'acajou et moulures en cuivre.

52 — Commode en bois de noyer sculpté à dessus de marbre. Epoque Louis XV.

53 — Guéridon en marbre blanc, monté sur trois pieds de biche en bronze. Epoque Louis XVI.

54 — Autre Guéridon en marbre blanc, sur trépied en bois d'acajou, et galerie en bronze découpée à jour. Epoque Louis XVI.

55 — Petite Etagère à colonnes torses, en bois doré.

56 — Belle Console cul-de-lampe en bois sculpté du temps de Louis XVI.

57-60 — Un fort lot de Cadres en bois sculpté et doré, qui seront vendus séparément.

Tapisseries et Costumes

61 — 64 — Quatre magnifiques Tapisseries des Gobelins représentant des sujets mythologiques ayant trait à l'histoire d'Amphytrite. Ces sujets sont placés sous de riches monuments.

Ces tapisseries portent aux angles inférieurs le blason

des Orléans surmonté de la couronne royale, et sont enrichies de parties tissées en fin.

Elles portent les noms **BEHAGLE** et **BERAIN**. Hauteur, 4 m. 22 cent.; larg., 3 m. 25 cent.

65 — Très-grande et belle Tapisserie de Flandres; elle représente un château monumental entouré d'eau glacée. Quantité de personnages, en riches costumes de la fin du XVIᵉ siècle, se livrent au plaisir du patinage. Bordure de fleurs, animaux et figures. Larg., 5 mètres 70 cent.; haut., 3 mètres 60 cent.

66 — Quatre panneaux en Tapisserie, à médaillons de personnages d'après Boucher, et guirlandes de fleurs.

67 — Quantité de Tapissseries anciennes, qui seront vendues par lots.

68 — Quatre Tapis d'Aubusson et autres; ils seront vendus séparément.

69 — Tapis formé d'une peau de lion.

70 — Un Tapis formé par une peau de tigre.

71 — Deux très-grands Rideaux en damas de soie rouge.

72 — Quatre Rideaux et Portières d'étoffes anciennes.

73 — Couvre-pieds en damas de soie rouge.

74 — Deux grands Rideaux et un Couvre-pieds en damas de
soie rouge, avec passementeries noires.

75 — Tapis de Table en velours grenat, garni d'une large
bande brodée en soies de couleurs du temps de Louis XIV.

76 — Trois Rideaux et un couvre-pieds en damas de soie
rouge.

77 — Garniture de lit en damas de soie rouge, garnie de passementerie ancienne.

78 — Costume algérien pour femme.

79 — 81 — Trois Costumes chinois pour homme et pour
femmes; ils seront vendus séparément.

82 — Costume de femme bretonne.

83 — Costume dalmate pour homme.

84 — Costume pour homme, du temps de Louis XV.

85 — Autre Costume pour homme, de même époque.

86 — Plusieurs costumes étrangers et français de diverses
époques, qui seront vendus séparément.

Objets variés

87 — Deux grands chenets en fer forgé avec anneaux fleurde-
lisés. Epoque Louis XIII.

88 — Très-joli microscope du temps de Louis XIV, en bronze
finement ciselé et doré.

89 — Cassette de forme carrée en marqueterie de bois, richement garnie d'ornements en cuivre découpé. Epoque
Louis XIV.

90 — Deux chenêts du temps de Louis XVI, en bronze doré.

91 — Trois paires de flambeaux et deux girandoles en cuivre
argenté. Ce lot sera divisé.

92 — Six pièces diverses en porcelaine de Chine et du Japon,
plats et pot à tabac, qui seront vendues par lots.

93 — Deux gourdes en faïence de Delpht, montées en bronze
et formant candélabres.

94 — Narguilhé avec récipient en cristal taillé.

95 — Deux fragments en marbre blanc sculpté : Tête de
femme, travail antique, et tête d'enfant dans le style de
François Flamand.

96 — Deux encriers en marqueterie de bois garnis en bronze
doré.

97 — Petit modèle d'armure dans le style du XVIe siècle.

98 — Petit rouet du temps de Louis XV garni en bronze
doré.

99 — Plateau en plaqué à ornements gravés.

100 — Un fort lot d'armes anciennes et modernes, parmi les-
quelles on remarque trois chemises de mailles, plusieurs
casques, des épées, etc. Ce lot sera divisé.

101 — Guitare du temps de Louis XVI. Travail anglais.

102 — Petit miroir à biseaux, à bordure enrichie de fleurs en
cuivre repoussé et découpé à jour.

103 — Quantité d'objets variés, qui seront vendus par lots.

TABLEAUX ANCIENS

SEBASTIEN DEL PIOMBO

104 — Portrait du pape Clément VII.

NICOLAS BERTIN

105 — Projet de Plafond.

N. POUSSIN (d'après)

106 — Le testament d'Eudamidas.

ÉCOLE FRANÇAISE

107 — Femme effrayée par l'orage.

108 — David rapportant en triomphe la tête de Goliath.

109 · Divers portraits d'hommes et de femmes.

110 — Deux bouquets de fleurs.

111 — Fleurs dans des vases. Peinture sur verre (anciens trumeaux).

112 — Portrait d'un jeune homme (fixé).

ÉCOLES DIVERSES

113 — Vierge et enfant Jésus.

114 — L'Éruption du Vésuve en 1767.

115 — Portrait de l'impératrice Catherine de Russie.

PASTELS ANCIENS

11 — Groupes. Têtes de jeunes filles, etc.

DESSIN MODERNE

GÉRICAULT

117 — Combat d'un homme et d'un taureau. — Feuille d'é-
tudes diverses exécutées à la plume.

www.ingramcontent.com/pod-product-compliance
Lightning Source LLC
LaVergne TN
LVHW011508170726
843501LV00009B/3677